GUÍA DE LECTURA

Escrita por Elena Pinaud
Traducida por Tamara Montes Blanco

Nada se opone a la noche

de Delphine de Vigan

Entiende fácilmente la literatura con

ResumenExpress.com

DELPHINE DE VIGAN

NOVELISTA Y GUIONISTA FRANCESA

- **Nacida en 1966 en Boulogne-Billancourt**
- **Algunas de sus obras:**
  - *Días sin hambre* (2001), novela
  - *Jolis garçons* (2005), antología de relatos
  - *No y yo* (2007), novela

Tras haber conocido el mundo empresarial, Delphine de Vigan, madre de dos hijos, vive un periodo de confusión que la sumerge en la escritura. Así publica su primera novela, *Días sin hambre* (2001), bajo el seudónimo de Lou Delvig. Las obras siguientes las firma con su nombre auténtico, y estas alcanzan un éxito evidente. Desde la decisiva publicación de *No y yo* en 2007, vive de su pluma y se consagra por completo a la literatura. Paralelamente a sus proyectos de escritura personales, participa en dos obras colectivas en 2008 (*Bajo el abrigo* y *Mots pour maux*) y cofirma el guion de la película de Gilles Legrand *Tu seras mon fils* (2011). El éxito de la autora se confirma con su última novela, *Nada se opone a la noche* (2011), que se vio recompensada en varias ocasiones. Apreciada tanto por el público como por la crítica, Delphine de Vigan ha sabido imponerse en el panorama literario francés por su estilo delicado, sus personajes interesantes y sus historias llenas de justicia.

NADA SE OPONE A LA NOCHE

UNA INVESTIGACIÓN DE NOVELA

- **Género:** novela biográfica
- **Edición de referencia:** de Vigan, Delphine. 2012. *Nada se opone a la noche*. Traducido por Juan Carlos Durán. Barcelona: Anagrama
- **Primera edición:** 2011
- **Temáticas:** familia, secretos, muerte, universo interior, enfermedad

Nada se opone a la noche, cuyo título sale de la canción *Osez Joséphine* (1991) de Alain Bashung (músico y actor francés, 1947-2009), se escribió bajo la influencia de una tragedia familiar: el suicidio de la madre de Delphine de Vigan. Para intentar comprender este acto desesperado, la autora, que también es la narradora, se hace preguntas sobre su ámbito familiar y escarba en el pasado, a veces doloroso. La historia se centra en cuatro instancias femeninas: la abuela, la madre, la hermana y ella misma. El resultado es una novela psicológica en tres partes que pone en escena a la familia, lo que ocultan y sus problemas.

RESUMEN

EL ELEMENTO DESENCADENANTE

La autora, que descubre el cadáver de su madre Lucile días después de que esta se haya suicidado, necesita tiempo antes de poder expresar este drama y aceptarlo. Es la pregunta de su hijo —a quien había dicho que su abuela se había dormido—, «[l]a abuela… de alguna manera… ¿se suicidó?» (Vigan 2012, 15), la que desencadena el proceso de búsqueda de información sobre el pasado de Lucile. Entonces la autora contacta con sus tíos, interroga a su hermana, analiza los archivos familiares y lee los cuadernos que dejó su madre para comprender las razones de su acto.

UN COMPLICADO PASADO FAMILIAR

Delphine de Vigan investiga la historia de su abuela, Liane, y la de su abuelo, Georges. Nacida en un medio burgués al sur de Francia, después de haber roto con su prometido, Liane conoce a Georges en París y se enamora de él. Se casan enseguida y tienen nueve hijos, puesto que la maternidad es algo que llena a Liane.

La familia se instala en la capital y atraviesa momentos de crisis financiera. Pero, desde que Georges, que había trabajado en periodismo, consigue crear una empresa de publicidad, la situación mejora y se mudan a Versalles. En ese tiempo, heredan una casa de campo, donde se instalan cuando Georges se jubila. Años más tarde, este último termina sus días con problemas de demencia e interno en un centro especializado, mientras que Liane muere por un cáncer de páncreas.

La pareja tiene que enfrentarse a varias tragedias familiares, especialmente la pérdida de tres de sus hijos:

- Antonin, que cae a un pozo cuando están de vacaciones en el sur;
- Jean-Marc, un chico maltratado al que acogieron en su familia tras la muerte de Antonin, al que encuentran muerto en su habitación, cuando aún vivían en París;
- Milo, que se suicida con tan solo veinte años.

Tom, el último de la hermandad, es trisómico, pero, gracias a los esfuerzos de Georges, aprende a leer, a escribir y a hacer cálculos. En cuanto a Barthélémy, el mayor, acepta recordar los acontecimientos de su pasado. Sus hermanas —Lisbeth, Justine y Violette— también acceden a hablar de su familia.

Gracias a sus testimonios, el lector conoce un poco más de Lucile, la madre de la autora.

UN PROFUNDO MALESTAR

Descubrimos que Lucile tuvo su periodo de gloria durante la infancia, puesto que, como era muy guapa, algunas marcas de ropa la querían como modelo de publicidad. Sus hermanas siguieron sus pasos durante un tiempo, con menos éxito. Lucile nunca obtuvo buenas notas en el colegio.

De adolescente, intenta escaparse con su hermana mayor, Lisbeth, pero su padre las encuentra y las lleva de vuelta a

Versalles. Queda embarazada de Delphine aún siendo bastante joven y se casa con Gabriel. Tienen una segunda hija, Manon, y se divorcian tras siete años de matrimonio.

Tras esta separación, Lucile sufre una mala racha bastante larga:

- se instala con sus hijas y su compañero Tibère en Yerres (Francia) y, a pesar de su trabajo, no consigue ofrecer una vida estable a sus hijas. Los psicotrópicos y el alcohol, así como el desorden que reina en su casa, llevan a sus vecinos a calificarlos de drogadictos y de jipis;
- tras la marcha de Tibère, Lucile conoce a Nébo, el guapo italiano que será el amor de su vida, pero que la abandonará rápidamente;
- después conoce a Niels, un joven frágil e inestable, que es amigo de su hermano Milo;
- tras el suicidio de Niels, la joven madre y sus hijas se instalan cerca de París. Pero Lucile se droga, tiene crisis nerviosas y no hace mucho caso a sus hijas, a las que escribe una nota para explicarles su «malestar» (Vigan 2012, 200). En esta carta, alude al hecho de que su padre la violó durante su adolescencia. La envía a toda la familia, pero esta revelación no crea ningún revuelo, nadie habla de ella;
- finalmente, Lucile y sus hijas se mudan a París. Pero esta vuelve a sufrir crisis nerviosas. En una ocasión se pone violenta con Manon, la más pequeña, lo cual resulta decisivo: Lucile es hospitalizada y sus hijas marchan a casa de su padre a Normandía;
- desde ese momento, todo termina de torcerse. Lucile

pierde su trabajo, nunca abandona el tratamiento y, cuando ve a sus hijas en París, parece perdida («lo endeble, frágil y rota que parecía. [...] Lucile se había convertido en una cosita desmenuzable, recompuesta, remendada, en realidad irreparable», Vigan 2012, 245).

Después las cosas mejoran durante un tiempo. Tras haber tenido un comercio de segunda mano durante varios años, encuentra trabajo de secretaria, y Delphine viene a instalarse con ella en París para estudiar. Pero Lucile recae y es hospitalizada de nuevo. Cuando Delphine es hospitalizada a su vez por anorexia, Lucile reacciona mal, convencida de que su hija mayor exagera. Cuando sus crisis violentas y su bipolaridad van a más, Lucile acaba despedida.

Un nuevo médico consigue salvarla, pues al fin se beneficia de un tratamiento eficaz y de un seguimiento psicológico adaptado. Incluso retoma los estudios para ser asistente social, vive sola en un apartamento de alquiler y logra dejar atrás sus crisis.

Con todo, Lucile recae y se suicida unas semanas más tarde, tras el entierro de su madre, Liane. Delphine no consigue explicarse este silencioso final: ¿se deberá a los problemas familiares, al cáncer de pulmón y a su constante bipolaridad, o más bien será consecuencia de su escasa pensión, que le habría impedido vivir correctamente sin recurrir a la ayuda de los demás? Delphine, en busca de la verdad, descubre en casa de su madre multitud de manuscritos que dan testimonio de la voluntad de esta última de escribir y de que publiquen sus obras. Gracias a los escritos de su hija mayor, que ha sabido captar con exactitud y pudor sus fallos preservando el misterio del que le gustaba rodearse, parece que la voluntad de Lucile ha quedado en parte satisfecha, y la autora concluye: «Lucile murió como lo deseaba: *viva*» (Vigan 2012, 369).

ESTUDIO DE LOS PERSONAJES

LUCILE

Lucile, la madre de Delphine de Vigan, es el centro de la obra, el personaje en el que convergen todas las líneas de la historia. Sin embargo, el lector solo la descubre a través de los testimonios de los demás, adornados con la pluma de la autora. Lucile no se deja conocer hasta después de su muerte, gracias a sus escritos: recuerdos, pensamientos sombríos, cuentos, relatos, poemas, fragmentos autobiográficos que a ella le hubiera gustado reunir en un volumen titulado *Búsquedas estéticas*.

Cuando aún estaba viva, siempre era taciturna:

> «No contaba de ella. [...] [E]ra su forma de escapar de la mitología, de rechazar la parte de fabulación y de reconstrucción narrativa que abrigan todas las familias. [...] Lo que en el fondo me falta es su punto de vista, las palabras que hubiese elegido, el orden de importancia que hubiese atribuido a los hechos [...]» (Vigan 2012, 130).

Guapa, con bipolaridad y marcada por los dramas familiares o personales (el fallecimiento de tres de sus hermanos, el hecho de que su padre abusara de ella —lo que sin embargo se mantiene como una suposición, aunque hay testimonios que lo confirman— o las historias de amor poco duraderas), Lucile parece errar por la vida. Su recorrido es inestable hasta casi el final de sus días, cuando consigue, a pesar de su edad, encontrar un empleo y ayudar a las personas desfavorecidas.

Huidiza, siempre ha ejercido una atracción singular sobre los demás: «Esa forma que tenía de aislarse, de abstraerse [...], de utilizar el lenguaje con parsimonia [...], esa mezcla de belleza y ausencia, esa forma que tenía de sostener la mirada» (Vigan 2012, 27-28). «[E]ra la hija de Georges» (Vigan 2012, 54). Padre e hija pensaban que se entendían con solo mirarse. Sin embargo, su silencio y su aislamiento disimulaban el miedo, que siempre estaba ahí.

Lucile va acumulando el sufrimiento: durante sus crisis, piensa que tiene telepatía, inventa aventuras con distintas personalidades, escribe en lugar de hablar, ignora a sus hijas o incluso se hunde en el delirio. A pesar de todas estas adversidades, consigue retomar las riendas al final de su vida y, por fatal que sea la salida, decide su destino.

Aunque se muestre algo de información sobre su vida amorosa, queda en algo anecdótico, puesto que la autora no desea, por pudor, detenerse en la vida de amante de su madre.

LIANE

Maternal por naturaleza, Liane, la madre de Lucile, soñaba con tener doce hijos. Aunque adore la maternidad, más tarde nos enteramos de que prefiere a los bebés antes que los niños más mayores, a los que poco a poco va descuidando cada vez más. La autora la presenta de una vez como un personaje radiante e irresponsable. A menudo sin querer salir de la cama o cegada por el sentido de la realidad, a veces parece olvidar su deber de madre. Liane profesa un amor patológico por su marido, con el que forma una pareja tóxica, por lo que prefiere guardar silencio de cara a los hechos ambiguos que se reprochan a este último. A pesar de este aspecto más sombrío de su personalidad, sabe establecer relaciones sanas con todos los suyos, por su habilidad para narrar, su fantasía y su originalidad.

DELPHINE Y MARGOT

Delphine y Margot, las hijas de Lucile, se complementan entre sí y por ello establecen cierta complicidad: mientras que una es intelectual y reflexiva, la otra es alegre y espontánea. Las dos se apoyan y, de cara a las crisis de su madre, se rebelan o se compadecen de sus tormentos. A pesar de los problemas financieros o familiares, han sabido llevar una infancia relativamente equilibrada y han disfrutado de vacaciones en familia.

Delphine vivió la separación de su madre como una ruptura decisiva. Sin embargo, un episodio particular vuelve a acercar a la madre a su hija mayor: Delphine, anoréxica, acompaña a Lucile a una cita con su psiquiatra, y este último pide a la chica, débil y llorosa, que se siente sobre las rodillas de su madre, lo que hace comprender a ambas que aún se necesitan la una a la otra.

Margot, por su parte, víctima en varias ocasiones de la violencia de su madre, confiesa haber pasado muchas noches sin dormir. Parece haber heredado el miedo de Lucile.

GEORGES

Nacido en una familia humilde, Georges, el padre de Lucile,

consigue ir subiendo peldaños y conquistar a quienes lo rodean gracias a su carisma y sus buenas palabras. Vive la marcha de sus hijas como una traición. De todos los testimonios se saca que al mismo tiempo las adoraba y las destrozaba, por su autoridad y su propensión a controlar todo, a lo que se añaden las declaraciones sobre las relaciones dudosas que mantenía con sus hijas y con algunas de las amigas de estas.

LOS HERMANOS DE LUCILE

Tiene mérito que los hermanos de Lucile, repartidos por toda Francia, hayan aceptado ofrecer su testimonio sobre la familia. Son la voz en *off* de la novela y, aunque sus versiones de los hechos a veces difieren, esta contribuye a comprender mejor y a entender la complejidad de las relaciones familiares.

CLAVES DE LECTURA

EL PROCESO LITERARIO COMO TERAPIA

Escribir sobre el dolor del 31 de enero de 1980, cuando Manon es víctima de la violencia de Lucile y cuando las dos hijas se separan de su madre, es en un principio una necesidad personal: («[N]ecesitaba escribir y no podía escribir otra cosa», Vigan 2012, 72), un proceso terapéutico. Escarbar en el pasado y revelar lo oculto permite a la autora aceptar y dejar atrás la situación traumática a fin de no repetir los pasos de Lucile:

> «Escribo este libro porque hoy tengo fuerzas para detenerme sobre lo que me atraviesa y a veces me invade, porque quiero saber lo que transmito, porque quiero dejar de tener miedo de que nos pase algo como si viviésemos bajo una maldición» (Vigan 2012, 252).

Escribir también es un proceso que se emprende para comprender las razones del suicidio de Lucile y sobre todo para penetrar en el fuero interno de esta última. Realmente no había diálogo entre la madre y sus dos hijas. Lucile se confiaba a sus cuadernos, hay que leerlos para comprenderla. Pero sigue siendo huidiza, como lo era cuando estaba viva, y hay preguntas que subsisten: «No estoy segura de que la escritura me permita llegar más allá de la constatación de una derrota. La dificultad que encuentro para hablar de Lucile no está tan alejada de la angustia que sentíamos [...] cuando desaparecía» (Vigan 2012, 298).

Sin embargo, la empresa escritural permite a la autora

conferir a Lucile un destino de personaje, transponer su vida en ficción: ella es la niña guapa, la adolescente rebelde o que ha sufrido abusos, la madre torturada y la adulta luchadora.

LUCILE, AUTORA POR PODERES

La autora se pregunta acerca de la necesidad que tenía su madre de escribir y sobre el hecho de que ella misma eligiese escribir:

> «¿Cogí el testigo, sin saberlo, del deseo de Lucile? No lo sé. [...] Lucile nunca estableció ningún lazo, ni oposición, entre mi deseo de escribir y el suyo, y conservó secretas la mayoría de sus tentativas de publicación. [...] La escritura de Lucile es infinitamente más oscura, más turbada y subversiva que la mía» (Vigan 2012, 324-325).

La escritura quizá sea una herencia inconsciente de Lucile, y esta novela, en la que ella es la figura central, le permite cumplir su deseo de ser publicada, por poderes.

EL ESTILO

La historia de Lucile y de su familia no se presenta de manera lineal. La novela alterna episodios familiares y otros que disertan sobre las dificultades a la hora de escribir, lo que le confiere un ritmo sostenido y hace que el lector sea testigo de la redacción.

Por lo tanto, el lector comparte las dudas de la autora sobre la finalidad del proceso, así como las angustias de Lucile: todo se cuenta y se vive en presente.

Asimismo, surge la cuestión de discernir la biografía y la ficción, ya que este libro ha sido calificado como novela por la propia autora. De hecho, ella confiesa estar bajo la influencia de la escritura, que la hace oscilar entre la preocupación de ser fiel a la realidad y la ficción.

> «[P]ensaba que no me costaría nada introducir ficción [...]. Creía poder inventar, dar [...] una dirección, crear tensión [...]. En lugar de eso no puedo tocar nada» (Vigan 2012, 129).

> «Quizá esperaba que, de esa extraña sustancia, se desprendiese una verdad. Pero la verdad no existe. [...] Escribiese lo que escribiese, entraría en el terreno de la fábula» (Vigan 2012, 41).

Así la autora reconoce que toda empresa literaria que tiene como objetivo rendir cuenta de la realidad de un modo objetivo y meticuloso no es más que una ilusión. Asume desde ese momento la parte de subjetividad inherente a su historia y confía durante una entrevista (*Chroniques de la rentrée littéraire*):

> «[S]in duda, espero rendir cuenta de la vida de mi madre, en el sentido más subjetivo y pictórico del término. Es una interpretación, una reconstitución fabricada a partir de mis propios motivos, a partir del color de mis propios recuerdos, a los que he intentado añadir otros motivos, otros colores que salían de otras personas y de mi propia madre, especialmente a través de lo que ella escribió»[1].

---

1. Cita traducida por ResumenExpress.com

PISTAS PARA LA REFLEXIÓN

ALGUNAS PREGUNTAS PARA PROFUNDIZAR EN SU REFLEXIÓN...

- Comente la metáfora del título.
- ¿Cómo interpreta el proceso de escritura sobre su madre y su familia que sigue Delphine de Vigan? ¿Cómo puede ser terapéutica la escritura?
- Describa a Lucile tal y como se deja ver a través de los testimonios de los otros personajes.
- ¿En qué consiste realmente la investigación de la autora?
- *Nada se opone a la noche* es a la vez una novela y una historia de vida en primera persona del singular. ¿Cómo se pueden conciliar la ficción y la autobiografía?
- ¿Conoce a otros autores que se hayan aventurado a escribir sobre su familia? En lo que se refiere a Delphine de Vigan, ella cita a Gérard Garouste y su libro (escrito junto a Judith Perrignon) *L'intranquille* (2009), así como a Christine Angot y su novela *El incesto* (1999).
- Comente el epígrafe que Delphine de Vigan ha escogido para abrir su novela, ¿tiene alguna relación con la metáfora del título y con la investigación que lleva a cabo la autora?
- Imagine la reacción de Lucile si leyera la novela, ella que, aunque impresionada por la maestría literaria de su hija, hizo el siguiente comentario al respecto de la novela *Días sin hambre*: «es injusto» (Vigan 2012, 324).

¡Su opinión nos interesa!
¡Deje un comentario en la página web de su librería en línea,
y comparta sus favoritos en las redes sociales!

PARA IR MÁS ALLÁ

EDICIÓN DE REFERENCIA

- de Vigan, Delphine. 2012. *Nada se opone a la noche.* Traducido por Juan Carlos Durán. Barcelona: Anagrama

ESTUDIO DE REFERENCIA

- "Interview de Delphine de Vigan pour Rien ne s'oppose à la nuit". *Chroniques de la rentrée littéraire.* Consultado el 15/05/2014. http://chroniquesdelarentreelitteraire. com/2011/09/entretiens-avec-les-auteurs/interview-de-delphine-de-vigan-pour-rien-ne-soppose-a-la-nuit

ResumenExpress.com